BARBARA WALDNER

Da können Sie was erleben

Geschichten einer Trauerrednerin

Barbara Waldner

Da können Sie was erleben

Geschichten einer Trauerrednerin

Autobiografie

Impressum

Bibliografische Information der Deutschen Nationalbibliothek:
Die Deutsche Nationalbibliothek verzeichnet diese
Publikation in der Deutschen Nationalbibliografie; detaillierte
bibliografische Daten sind im Internet über http://dnb.dnb.de
abrufbar.

Herstellung und Verlag: BoD – Books on Demand,
Norderstedt

ISBN: 978-3-7562-9501-2

EINFÜHRUNG

Sofort, nachdem mir die Idee zu diesem Buch durch den Kopf geschossen kam, dachte ich: „Kann ich *darüber* schreiben? Darf ich das überhaupt?"

Und die Antwort kam ebenso schnell: „Du sollst es sogar! Das ist deine Aufgabe im Leben!"

Das war mal wieder typisch für mich. Das erste Buch („Aus heiterem Himmel" – Leben ist das mit den Steinen im Weg - ISBN 9783756248827) war gerade im Druck, aber noch nicht einmal veröffentlicht, und schon wollte ich das nächste Buch schreiben. Doch worüber nur? Tagelang quälte ich mich mit einer sinnvollen Themensuche. Ein Roman? Über Liebe? Da müsste ich mir ja alles ausdenken?

An Fantasie mangelt es mir nicht. Doch ich wollte nicht nur unterhalten. Ich wollte mehr. Und echt sollte es sein. Unterhaltend, aber auch sinngebend. Was lag also näher, als aus meinen vielfältigen Erlebnissen als Trauerrednerin zu berichten?

Und wer mag, kann mehr als nur Erlebnisse mit Hinterbliebenen erkennen.

DANKSAGUNG

Mein Dank gilt als allererstes der Geistigen Welt. Ohne deren Inspirationen und deren Zeichen hätte ich meinen Weg nicht erkannt. Es ist ein Geschenk.

Ich danke all den Menschen, die mir als Trauerrednerin ihr ganzes Vertrauen geschenkt haben und schenken.

Es mag sich merkwürdig anhören, doch ich bin dankbar, dass ich in meinem Leben die Möglichkeiten erkannt habe, durch eigene schmerzvolle Erfahrungen anderen Menschen Hilfe, Trost und Verständnis geben zu dürfen. Ich fasse es als meine Aufgabe auf.

Für meine geliebte Mutter Margarete Witte (†1985), die mich noch heute „aus dem Himmel" begleitet.

Für Horst, der mich immer unterstützt und mir diesen Weg auf Erden ermöglicht.

Für meine Töchter Viktoria und Sophie, die in ihrem Leben stets daran denken mögen:

„Wenn du weißt, wozu etwas gut ist, musst du nicht mehr nach dem Warum fragen."

ÜBER DIE AUTORIN

Als sie gerade einmal 22 Jahre alt ist, wird sie von dem frühen Tod ihrer Mutter überrumpelt. Keiner hatte sie auf diesen absehbaren Verlust vorbereitet. Sie beendet ihr Jurastudium, heiratet, wird Mutter von zwei Töchtern und arbeitet als Rechtsanwältin. Verliebt, verlobt, verheiratet – so könnte man meinen. Durch ihre Scheidung wird sie vom Leben durchgeschüttelt. Ihr wird viel abverlangt als alleinerziehende und voll berufstätige Mutter. Erst nach acht Jahren und einem Umzug von Nord-Ostwestfalen, wo sie aufgewachsen war, nach Bayern, kommt sie wieder mehr bei sich an. Nach vielen Ausbildungen beginnt sie hier ihre Arbeit als Coach.

Und dann stellt eine unerwartete Krebsdiagnose 2015, kurz nach ihrer zweiten Heirat, wieder alles auf den Kopf. Doch diesmal erkennt sie, worum es in ihrem Leben wirklich geht. Mittlerweile ist Barbara Waldner als Coach, Trauerrednerin und Autorin tätig. Und angekommen.

Weitere Informationen zu Barbara Waldners Arbeit und ihrem Werdegang sind auf ihrer Website zu finden:

https://barbara-waldner.de/

VORWORT

„Barbara bringt für die Aufgabe als Trauerrednerin alles mit, was ein Mensch für diese sehr anspruchsvolle Aufgabe vorweisen muss. Neben ihren Basistalenten wie Rhetorik und Empathie hat sie das Herz am rechten Fleck und brilliert vor allem während ihres Vortrages mit nonverbalen, paraverbalen und verbalen Akzenten, was man eigentlich nicht lernen kann. Ich freue mich sehr, dass ich dazu beitragen durfte, dass Barbara ihrer Passion folgte."

Rüdiger Fehr, Bestattungsunternehmer

INHALT

SECHZEHN: Glaube, Liebe, Hoffnung

SIEBZEHN: Es riecht nach Fisch

ACHTZEHN: Wunden

NEUNZEHN: Schuld

ZWANZIG: Krankenhausessen

EINUNDZWANZIG: Sie konnte nicht anders

ZWEIUNDZWANZIG: Ach, Mutti, wenn du wüsstest

EINFÜHRUNG

Wie alles begann

Meine Ideen kommen mir sehr spontan. Das war schon immer so. Tagelang völlig ratlos, schießt es mir plötzlich in den Kopf. Mittlerweile nenne ich es Inspiration.

Schon als 11-jährige schrieb ich Kurzgeschichten. Damals war Ephraim Kishon mit seinen unterhaltsamen Geschichten ein Vorbild für mich. So schaffte ich es schon in dem zarten Alter, mit einer meiner Kurzgeschichten in unserer Tageszeitung abgedruckt zu werden – mit Bild. Diesen Artikel habe ich aufbewahrt – heute weiß ich, warum er bei mir blieb und bei meinen vielen Umzügen nie verschwand.

Als Juristin kam mir das Schreibtalent ebenfalls zugute. Doch oft war es konstruiert, um der Partei gerecht zu werden. Mit mir hatte es nichts zu tun.

Mein Mann legte mir oft Geburtstagskarten auf den Tisch, weil ihm nichts einfiel. Für mich kein Thema.

Als ich 2015 eine Krebsdiagnose erhielt und im darauffolgenden Jahr so tiefgehende Erlebnisse hatte mit allem, was so drumherum spielt, entschloss ich mich, diese heftigen, aber auch besonderen Erfahrungen mit der Medizin, aber auch der Geistigen

Welt niederzuschreiben. Mein Wunsch war, anderen Menschen Mut zu machen und ihnen eine andere Sichtweise auf das Leben aufzuzeigen. So entstand mein erstes Buch

„Aus heiterem Himmel – Leben ist das mit den Steinen im Weg
…die mir die Richtung weisen" (ISBN: 9783756248827).

Und dann wachte ich eines Morgens auf, und ich wusste, was ich neben dem Coachen noch tun wollte: ich wollte Trauerreden halten.

Ich war mir sicher: „Das kann ich".

EINS

Waaaas willst du?

„Waaaas willst du?" Meine Freundin war fast entsetzt. Gerade hatte ich ihr von meinem neuen Projekt berichtet. Ich wollte Trauerreden halten.

„Ist das denn nicht viel zu belastend für dich?", fragte sie. Immerhin hatte ich gerade erst ein Jahr Krebstherapie hinter mir. Und die war nicht lustig. Zwischen Himmel und Hölle, sozusagen.

„Verstehst du nicht? Genau deswegen will ich das ja jetzt machen." Ich war gesundheitlich noch nicht so einsatzfähig, dass ich wieder Vollzeit würde arbeiten können. Aber so eine Trauerrede, die würde ich schon schaffen. Zudem kannte ich hier in der Region alle Bestatter, denn als Rechtliche Betreuerin hatte ich mit allen schon einmal Kontakt gehabt. Man kannte mich. Das würde mir die Türen öffnen.

So war mein Plan.

Ich rief bei dem ersten Bestatter hier im Ort an. Mein Mann kannte ihn bereits aus der Jugendzeit, und auch ich hatte schon öfter für meine Betreuten Bestattungsvorsorgen dort gemacht.

„Rüdiger, hast du mal fünf Minuten für mich? Kann ich morgen auf einen Kaffee in deinem Institut vorbeikommen? Ich möchte etwas mit dir besprechen."

Schnell und unkompliziert war unser Termin ausgemacht.

Ich redete nicht lang drum herum und sagte ihm, was ich vorhatte. „Rüdiger, ich möchte gerne Trauerreden halten."

Rüdiger griff auf seinen Schreibtisch, und statt einer Antwort warf er mir mindestens zehn Notizzettel entgegen.

„Was ist das?", fragte ich ihn erstaunt.

„Das sind die Anrufer, die hier jeden Tag anfragen, weil sie Trauerreden halten wollen", bekam ich zu hören. Auf den Zetteln standen Namen und Telefonnummern.

„Ich kann es schon nicht mehr hören: es ist meine Berufung…. es ist mir eine Herzensangelegenheit…".

„Okay, dann Danke für den Kaffee und deine Zeit." Ich war so verdutzt, erkannte aber sofort, dass sich mein Anliegen ganz schnell wieder erledigt hatte.

„Nein, warte. Bleib sitzen." Er hieß mich hierbleiben.

„Du, ich will dich keineswegs auch noch langweilen mit meinem Spruch „es ist mir eine Herzensangelegenheit".

Das war es zwar wirklich, aber bei so vielen Angeboten…

„Doch, du kommst gerade recht. Ich kann dich gebrauchen."

Da er mich kannte, wollte er keine „Arbeitsprobe" von mir.

Sein Angebot war kurz und knapp: "Pass auf, am kommenden Freitag habe ich hier im Haus eine Verabschiedung. Ich frage die Ehefrau, ob es ihr recht wäre, wenn du hinten im Raum still teilnimmst. Und dann hörst du dir das an und gibt's mir Bescheid, ob das was für dich ist."

Gesagt, getan. Ich durfte dabei sein.

Z W E I

Das kann ich auch

Die Trauerfeier, an der ich teilnehmen durfte, fand im Bestattungsinstitut statt. Es waren nur die Ehefrau und die zwei erwachsenen Kinder des Verstorbenen anwesend. So war es von ihm gewünscht.

Vor dem Eingang brannten zwei Fackeln links und rechts neben der Tür. Die Familie saß bereits im Raum, in der ersten Reihe.

Mehr Gäste wurden nicht erwartet.

Der Trauerredner begrüße mich – er wusste, dass ich nicht zur Familie gehörte und nur hier war, um mir die Trauerrede anzuhören. Für ihn stellte dies kein Problem dar. Er wollte sich bald zur Ruhe setzen.

Die junge Mitarbeiterin des Bestattungsinstitutes lächelte mir zu. Sie war ebenfalls informiert über mein Ansinnen.

Bis zum offiziellen Beginn der Trauerfeier waren es noch knapp zehn Minuten. Alle saßen still im Raum und hingen ihren Gedanken nach. Die Urne stand auf einem Sockel, daneben war Blumenschmuck dekoriert. Alles war sehr friedlich.

Der Verstorbene war neunzig Jahre alt geworden. Die Anwesenden waren gefasst. Wie ich vorher erfahren hatte, kam sein Tod ruhig und sachte – der Mann war selbst Arzt und hatte einfach aufgehört zu essen. Er war des Lebens einfach müde geworden. So konnte er in Frieden gehen.

Die Kerzenleuchter, die im Raum standen, flammten ganz ruhig vor sich hin.

Punkt 14 Uhr begann die Trauerfeier. Doch was war das? Von hinten dröhnte wildeste Jazzmusik aus der Musikanlage.

Um Himmels willen – die junge Mitarbeiterin des Bestattungsinstitutes hatte bestimmt den falschen Knopf an der Stereoanlage gedrückt? So etwas passt doch nicht zu einer Trauerfeier. Wie peinlich, schoss es mir durch den Kopf. Ich drehte mich um.

Keine Regung war im Gesicht der jungen Bestatterin zu erkennen. Im Gegenteil – sie lächelte mir zu. Was ging denn hier ab?

Komisch auch, dass die Angehörigen sich nicht regten.

Zwar konnte ich nur ihre Rücken sehen – doch nach Aufregung sah das nicht aus.

Ich beobachtete einfach weiter – mehr hatte ich hier und heute ja nicht zu tun.

Und dann sah ich, wie unmittelbar nach dem Erklingen der Jazzmusik die Fackeln anfingen zu tanzen. Waren das vielleicht die Vibrationen der doch recht lauten und schnellen Jazz Töne?

Schon möglich.

Seltsam nur, dass die Fackeln unmittelbar nach Verklingen der Musik ebenfalls wieder ruhig wurden. Sie brannten wieder ganz gleichmäßig, wie zuvor.

Als das zweite Lied gespielt wurde, wieder war es Jazz, war ich mir sicher: die Musik war gewünscht. Das war kein Versehen. Und es war auch kein Versehen, dass die Fackeln wiederum unruhiger wurden. Sie tanzten erneut mit der Musik, fast wie im Takt.

Wer hatte hier seine Hände im Spiel? Das konnte keine Einbildung sein. Und auch kein Zufall.

Mir war schon da klar: der Herr, der hier verstorben war und verabschiedet wurde, genoss seine Trauerfeier. Er zeigte deutlich seine Freude über die von ihm so geliebte Jazzmusik (wie ich später erfahren hatte), und ließ die Fackeln tanzen.

Ich kann nur hoffen, dass die Angehörigen dies auch so gesehen haben. Es könnte ihnen eine kleine Freude in ihrer Trauer gewesen sein.

Ich weiß es nicht.

Doch nach dieser Bestattung wusste ich eines ganz sicher: das wollte ich auch. Das konnte ich auch.

Ich war fest davon überzeugt: ich brauchte keinen Kurs für Trauerredner belegen.

Ich würde dir richtigen Worte finden.

Ich gab sofort dem Bestatter Bescheid: ich bin Trauerrednerin und freue mich auf den ersten Auftrag.

D R E I

Meine erste Trauerrede

Und dann war es soweit: ich bekam einen Anruf für meine erste Trauerrede.

Es handelte sich um einen jungen Mann mit einem Herzfehler. Er war in den Armen seiner Mutter gestorben. Besonders tragisch daran war, dass sie schon seinen Vater durch eine Herzerkrankung verloren hatte. Es lag in der Familie.

Wir trafen uns zu unserem Trauergespräch. Seine Mutter und Schwester waren anwesend.

Als erstes ließ ich mir ein Bild des Verstorbenen zeigen.

Schließlich werde ich über einen Menschen reden, den ich nie kennengelernt habe. Ich spüre mich in das Bild hinein und verbinde mich mit ihm.

Ich fing bei seinem Ende an: wie war er gestorben? Was war passiert?

Die Eindrücke sind bei den Angehörigen noch so präsent, und der Schmerz muss als erstes raus.

Im Laufe des Gesprächs komme ich dann auf das Leben des Verstorbenen zu sprechen.

Dabei versuche ich, den Roten Faden zu finden. Natürlich springt man in diesem Trauergespräch auch oft Hin und Her. Darin liegt für mich die Herausforderung. Es muss geordnet sein und darf nicht durcheinander gehen.

In diesem Fall war es für mich einfach. Mutter und Schwester waren zwar sehr traurig, aber auch gefasst. Der Tod des jungen Mannes kam nicht unerwartet.

Beide sprachen sie sehr liebevoll über ihren Sohn und Bruder.

Nach rund zwei Stunden hatte ich alle für mich wichtigen Informationen beisammen.

Schon während einem Trauergespräch beginnt mein Kopf mit dem „Schreiben" der Rede. Die Worte fallen mir einfach zu.

Und dennoch ist es nicht „schnell getan" mit dem Schreiben einer Trauerrede.

Ich überprüfe jedes, aber auch jedes Wort. Ob das noch die Juristin in mir ist, die jedes Wort auf die Goldwaage legen muss?

Meist entscheide ich mich bei mehreren Wortmöglichkeiten für den Ausdruck, der mir „gegeben" wird. Ich spüre dann einfach, dass es genau dieses Wort und kein anderes sein muss. Das meine ich mit Inspiration.

Am Tag der Bestattung war ich natürlich aufgeregt. Immerhin war es meine Bewährungsprobe. Und

Rüdiger, der Chef höchstpersönlich, war anwesend und winkte mir kurz vom Balkon in der Kapelle aus zu.

Es waren sehr viele Trauergäste da. Eine große Familie mit einem serbischen Hintergrund. Ein lautes Wehklagen und Weinen war zu hören.

Es störte mich nicht. Ich mag es, wenn der Trauer Ausdruck gegeben wird. Doch aus Erfahrung weiß ich, dass dies eher selten der Fall ist. Wahrscheinlich ist es auch kulturabhängig.

Die Musik verklang. Den Titel habe ich noch heute im Ohr: „Tears in Heaven" von Eric Clapton.

Und dann sprach ich die ersten Worte.

Ich beginne meinen Trauerreden immer mit einem Spruch oder einem Zitat. Oft stammt der Spruch von mir, und immer passt er zu dem Menschen, der gerade verabschiedet wird.

Ich wähle diese Sprüche sehr sorgsam aus.

Ein schöner Einstieg ist wichtig.

In diesem Fall wählte ich ein Zitat aus „Der kleine Prinz" von Antoine de Saint-Exupéry, welches wie folgt lautet:

„Hast du Angst vor dem Tod?", fragte der kleine Prinz die Rose. Darauf antwortete sie: „Aber nein. Ich habe doch gelebt, ich habe geblüht und meine Kräfte eingesetzt so viel ich konnte."

Mutter und Schwester schluchzten auf. Denn: der Vorname des Verstorbenen bedeutete ins Deutsche übersetzt: der Prinz. Diesen Gedanken nahm ich auf und sprach ihn an.

Und es traf auch auf diesen jungen Mann zu, dass er keine Angst vor dem Tod hatte. Er wusste um seine gefährliche Krankheit und er starb in den Armen seiner Mutter, die ihn auch auf die Welt gebracht hatte.

In all der Trauer gaben ihnen diese Worte Trost.

Auch Rüdiger gab mir von oben mit einem „Daumen hoch" zu verstehen, dass es auch ihm gefallen hatte.

Am nächsten Tag klingelte es an meiner Tür.

Ein Blumenbote übergab mir einen riesigen, wunderschönen Strauß und einen Umschlag.

In diesem steckte eine handgeschriebene Karte. Die Familie bedankte sich ganz liebevoll bei mir für diese wunderschöne Trauerrede, in der sie so viel Trost erfahren hatte.

Ich war sehr berührt. Und glücklich. Dankbarkeit breitete sich in mir aus. Ich wusste, ich konnte es.

Mein Debüt war gelungen.

V I E R

Bitte kein Pfarrer!

Im Laufe der Zeit nahm ich nun auch Kontakt auf mit den anderen hiesigen Bestattungsunternehmen, die ich kannte.

Ich musste mich nicht mehr als Person vorstellen, aber mein Angebot als Trauerrednerin war neu.

Hier in Unterfranken ist schon noch deutlich zu spüren, dass die ländliche Bevölkerung der Katholischen Kirche zugetan ist.

Es wird auf Traditionen geachtet. Und auf die Nachbarschaft. Was sollen denn die Leute von uns denken, wenn nicht der Pfarrer, sondern eine Freie Trauerrednerin auf der Trauerfeier spricht?

Dieses Denken herrscht schon noch vor.

Dass es oft später zu großen Enttäuschungen kommt, wenn zwar der kirchliche Segen ausgesprochen wurde, ansonsten aber wenig Persönliches über den Verstorbenen gesagt worden ist, wird in Kauf genommen.

Vielleicht glaubt man, dass der Verstorbene ansonsten ohne den kirchlichen Segen nicht in den Himmel kommt?

Ich weiß es nicht.

Eine meiner nächsten Trauerreden war für eine über 80-jährige Frau.

Zwar war sie noch bis zum Schluss in der Katholischen Kirche. Doch auf den Beerdigungen, die sie in den letzten Jahren besucht hatte, und die mit dem Segen des Pfarrers vonstattengingen, hatte sie den Entschluss gefasst: „Der Pfarrer bringt mich nicht unter die Erde!" Das hatte sie sehr oft ihrer Familie mitgeteilt, es war Originalton, wie mir die Familie in unserem Trauergespräch erzählte.

Diese Dame wünschte ausdrücklich eine Trauerrednerin, und sie bekam sie.

Schön, wenn man schon einmal auch über diesen Wunsch gesprochen hatte.

FÜNF

Niemals Routine

Meine Anfragen wurden mehr. Ich freute mich sehr darüber.

Irgendwann spricht es sich auch herum. Aber natürlich kann ich nicht erwarten, dass die Trauergäste, die mich einmal auf einer Bestattung gehört hatten und gut fanden, denn auch gleich einen neuen Auftrag für mich haben. Naturgemäß.

Einmal wurde ich zu einer Familie gerufen, die gerade erst ihr Unternehmen verkauft hatte. Der ganze Prozess war noch nicht abgeschlossen. Zwar gab es Verträge, doch auch viele Unklarheiten und sogar Streitigkeiten. Es ging um viel Geld.

Und genau in diesem Moment verstarb der vorherige Firmeninhaber. Seine Ehefrau war pausenlos am Telefonieren, während ich versuchte, ein Trauergespräch aufzubauen. Sie musste sehr viel regeln, neben der Trauerfeier. Bei all dem Stress war an Trauern noch nicht zu denken.

Ich bekam schnell mit, worum es im vorliegenden Fall ging: um ihre gesamte Existenz.

Das war, neben der Tragik über den plötzlichen Verlust ihres Mannes, auch für die Ehefrau ein gravierender Einschnitt.

In diesem Fall kam mir zugute, dass ich doch noch so einiges an Rechtsverständnis hatte. Ich wies Mutter und Tochter zwar darauf hin, dass ich keine Rechtsberatung mehr machen dürfe (da ich nicht mehr als Rechtsanwältin arbeitete und deswegen auch keine Zulassung mehr benötigte). Aber mir war klar, dass hier schnellstens gehandelt werden musste. Ich konnte den beiden Adressen vermitteln, an die sie sich dankbar sofort gewendet haben.

Mittlerweile war mir klar, dass meine Ausbildung zur Volljuristin, meine Coachingausbildungen und meine Tätigkeit als Trauerrednerin sich ideal ergänzten. Sie waren Gold wert.

Kein Trauerfall gleicht dem anderen. Jedes Schicksal ist anders, auch wenn ich mit der Zeit mitbekommen habe: in jeder Familie gibt es „etwas".

Unter jedem Dach ein Ach – das trifft es ganz gut.

Und diese Besonderheiten möchte ich in meinen Trauerreden ebenso berücksichtigen. Ich übergehe sie nicht, sondern verpacke sie in heilsame Worte.

Keine Trauerrede gleicht bei mir der anderen. Das ist mein Anspruch. Eine Routine kehrt so nicht ein. Das hat jeder Mensch verdient zum Abschluss seines Lebens.

Das kostet mich Zeit, doch anders möchte ich nicht arbeiten.

Und wer weiß schon noch nach einiger Zeit, welches Blumengesteck auf der Trauerfeier war oder wie genau der Sarg oder die Urne aussahen? Aber die Worte, die bleiben im Herzen. Die vergisst man nicht.

SECHS

Ich könnte das nicht

Oft werde ich gefragt, ob es nicht belastend ist, Trauerreden zu halten und immer wieder dem Tod zu begegnen? Immer wieder bekomme ich zu hören: „Ich könnte das nicht!".

Mir fällt es überhaupt nicht schwer, an den Tod zu denken. Ich habe mich lange genug damit beschäftigt.

Schon als Kind „wusste" ich einfach, dass ich schon mehrmals gelebt hatte. Für mich stand dies außer Frage. Als meine Mutter starb, als ich gerade 22 Jahre alt war, kam dies für mich völlig unvorbereitet.

Niemand hatte mich darauf vorbereitet, dass sie sterben könnte. Zwar litt sie schon seit acht Jahren an Krebs, doch den Gedanken an ihren Tod hatte ich nie. Wie auch, ich war doch noch viel zu jung. Was wusste ich als 22-jährige auch schon vom Leben? Oder dem Tod?

Diesen hatte man immer schön von mir ferngehalten. Als mein Großvater starb, als ich sechs Jahre alt war, blieben seine Enkel zuhause. Kinder nahm man nicht mit auf Beerdigungen.

Als nun meine Mutter starb, war ich geschockt. Der Boden hatte sich mir unter meinen Füßen entzogen.

Ich hatte keine Chance mehr, mich von ihr zu verabschieden. Sie litt zum Schluss unter Hirnmetastasen und war nicht mehr Herr ihrer Sinne.

Mein Vater traf alle Entscheidungen rund um ihre Bestattung alleine.

Es war eine Erdbestattung, und da ich noch nie zuvor auf einer Beerdigung war, ging er mit mir die Tage zuvor jeden Tag auf den Friedhof. Er zeigte mir die Leichenhalle, wo der Sarg aufgebahrt werden würde, wo wir sitzen würden und erklärte mir kurz den Ablauf.

Meine Tanten, die Schwestern meiner Mutter, rieten mir eindringlich, am Tag der Bestattung etwas „zur Beruhigung" einzunehmen, damit ich es überstehen würde.

Ich tat dies nicht, sondern wollte alles ganz bewusst miterleben.

Meine Trauer war unendlich, ich verlor mit meiner Mutter „meine Welt".

Als wir uns in die erste Reihe setzten, versuchte ich zunächst, den Blick nicht auf den Sarg zu richten.

Alles war so unwirklich für mich, ich hatte noch lange nicht begriffen, dass meine Mutter tot war.

Und dann schaute ich den Sarg an. Ich sagte mir: darin liegt deine Mutter. Ich versuchte sie mir vorzustellen.

So, wie sie bis kurz vor ihrem Tod war. Und nicht mit kahlrasiertem Schädel.

Ich blickte in Liebe auf meine Mutter. Die da nun im Sarg vor mir lag.

Ich wollte mich nicht noch einmal an ihrem Sarg verabschieden, sondern ihr Bild zu Lebzeiten in Erinnerung behalten. Ich hatte noch nie im Leben einen Toten gesehen, und ich traute es mir nicht zu.

Bis heute habe ich ein Hemmnis gegenüber dem physischen Tod. Nicht jedoch dem Tod als solches.

Als ich selbst mich im Rahmen meiner eigenen Krebserkrankung mit dem Leben und dem Sterben auseinandersetzte, hat sich vieles in mir verändert.

Erst der Tod macht unser Leben so wertvoll. Leider ist er aus unserer heutigen Kultur sehr ausgeklammert.

Wie oft höre ich die Worte „Das ist doch noch kein Alter", wenn jemand in jüngeren Jahren verstirbt.

Wer sagt dann aber, wann das richtige Alter ist?

Meine Erfahrungen haben mich gelehrt, dass man immer an den Tod denken sollte. Ich tue dies, und so gelingt es mir, mich ganz dem Hier und Jetzt zu widmen.

Diese Fähigkeit hat sich insbesondere seit meiner Erkrankung ausgebildet. Ich bin dankbar dafür.

Uns sollte bewusst sein, dass wir nicht wissen, wann unser Lebensende ist. Deswegen genießen wir einfach jeden Moment.

Alle sind wird endlich.

SIEBEN

Zu spät

Egal, wie krank oder alt ein Mensch ist – sein Tod kommt für die Angehörigen immer unerwartet. Wer wartet auch schon gerne auf den Tod.

Doch viele Menschen sind unvorbereitet und überfordert. Man hat nicht über das gesprochen, was nahelag.

Und so frage ich denn oft: Was hat er sich denn gewünscht? An was hat er geglaubt? Was würde ihm gefallen? Und schaue dann in ratlose Gesichter.

Das Thema Tod, Sterben, Trauerfeier hat man vermieden. Bis es zu spät war.

Also, ich kann Ihnen sagen: mir passiert das nicht.

Als ich einmal mit einer Betreuten das Sarglager eines Bestatters aufsuchte, damit sie sich im Rahmen einer Bestattungsvorsorge „ihre" Urne selbst aussuchen könne, hatte ich Zeit genug. Zunächst hatte ich so große Berührungsängste, dass ich noch nicht einmal den Raum betreten wollte.

„Liegen da auch wirklich keine drin?", fragte ich den Mitarbeiter des Bestattungsunternehmens. Schließlich waren die Deckel ja alle geschlossen und ... man weiß ja nie. Er lachte. „Nein, Sie können ganz beruhigt hier hereinkommen".

Zunächst lugte ich nur durch den Türrahmen. Und dann fiel sie mir ins Auge. „Meine" Urne. Die wollte ich haben.

Sie war so ganz anders als alle anderen. Schon von der Form her. Wie eine Amphore mit goldenen Griffen. Sie war einfach „cool".

„Also, wenn mein Mann mal irgendwann kommt, und müsste sich eine Urne für mich aussuchen, nehmen Sie bitte die da." Ich deutete auf diese Amphore.

„Ach, Frau Waldner, das hat doch noch Zeit."
Mag sein. Hoffentlich. Aber Sie wissen dann schon einmal Bescheid.

Die oder keine. Hoffentlich gibt es die noch, wenn ich einmal... Oder hat er sie mir sogar zurückgelegt? Ich weiß es nicht mehr so genau. Denn inzwischen ist das fünf Jahre her. Gott sei Dank.

Aber, als Kontrollfreak wäre es mir wichtig, auch das geklärt zu haben.

So, wie viele andere rechtliche Dinge im Zusammenhang mit dem Tod. Von einer Patientenverfügung, über einen Organspendeausweis bis hin zum Testament.

Wie oft habe ich als Trauerrednerin erlebt, dass die Menschen es nicht geregelt hatten. Und das Wehklagen und die Not für die Hinterbliebenen war meist groß. Aber da war es zu spät.

Das wollte ich meiner Familie nicht zumuten. Ich habe es ihnen abgenommen. Das wäre geklärt.

A C H T

Einsichten

Ich erinnere mich an einen Trauerfall, wo ein großer und sehr erfolgreicher Unternehmer verstarb. Über zwanzig Jahre lang schon litt er an einer schweren Krankheit. Der Tod kam nicht unvorhergesehen. Und doch waren alle unvorbereitet. Nichts war besprochen oder geregelt. Das erstaunte mich, denn ich kannte den Verstorbenen als sehr durchsetzungsstark. Doch dem eigenen Tod ins Auge zu sehen, ist eben etwas anderes.

Als ich zum Trauergespräch mit dem Ehepartner kam, fand ich diesen sehr traurig vor. Über vierzig Jahre lang waren die beiden ein Paar. Gemeinsam hatte sie das Unternehmen des Verstorbenen geführt.

Doch es war ganz klar die Lebensleistung des Verstorbenen. Mit Unternehmergeist und viel Mut und Weitsicht hatte er das Unternehmen gegründet und hochgezogen.

Eine beachtliche Leistung, die ohne Einschränkung Respekt verdiente.

Neben dem Ehepartner war noch die persönliche Assistentin des Verstorbenen anwesend. Sie sollte unterstützen, und konnte noch aus der Anfangszeit des Unternehmens berichten, als der Ehepartner noch nicht dabei war.

Ich war mir sicher, sie würde mich sofort erkennen. Ich war vorbereitet. Auf ihre skeptischen Blicke. Auf ihre Fragen. Doch das Gespräch verlief sehr harmonisch. Ich hatte einfach mein Herz geöffnet, und vor allem galt mein großes Mitgefühl dem äußerst liebenswerten Ehepartner des Verstorbenen.

Für ihn war es nicht einfach, seine große Liebe nach einem halben Leben zu verlieren.

Ich bin ehrlich – ich war im Zwiespalt.

Denn ich kannte den verstorbenen Unternehmer – für zwei Wochen hatte ich ihn vor zehn Jahren in einem Projekt begleitet. Und dabei spielte die persönliche Assistentin eine große Rolle. Um nicht zu sagen: die entscheidende. Die Aufgabe lag mir. Doch ich wurde komplett alleine gelassen. Und die Assistentin ließ mich „am langen Arm" verhungern. Ich bekam keine Informationen und es war mir unmöglich, mich in diese völlig neue Aufgabe einzuarbeiten. Das Verhältnis zwischen den beiden war sehr eng (nicht amourös). Und ich hatte den Eindruck, man befürchtete eine Konkurrenz durch mich. Interessanterweise sagte mir der Verstorbene damals noch, ich lächele ihm zu viel für die übernommene Aufgabe. Ich sei zu nett.

Wie dem auch sei – für mich war es so unerträglich, dass ich nach zwei Wochen das Handtuch warf.

Und nun saß ich hier – im Büro des Verstorbenen.

Und ich lächelte. Und ich bin mir sicher: es tat den Anwesenden gut. Beide trauerten sie sehr.

Ich fragte den Ehepartner: „Was haben sie gelernt von Ihrem Angehörigen, was haben Sie mitgenommen?" Ich wollte wissen, was bleibt, welche Spuren dieser Mensch hinterlassen hatte. Und seine Antwort erstaunte mich. „Wie man es nicht macht."

Er wusste um die Persönlichkeit des Verstorbenen nur zu gut. Und er sah es ganz ehrlich. Und das schätzte ich an ihm.

Ich sagte es ihm. „Ich begrüße Ihre Ehrlichkeit, und ich danke Ihnen dafür."

Seine Traurigkeit berührte mich. Gleichzeitig erkannte ich, dass ein Mensch polarisieren kann. Und dass ein Mensch auch eine ganz andere, für die meisten unbekannte Seite haben kann, die ihn liebenswert macht. Die Liebe hat viele Gesichter.

Wenn mir eines nicht liegt, ist es, einen Menschen „wegzuloben". Dieser Ausdruck stammt aus dem Personalwesen, doch er trifft es.

Zwar soll man über einen Verstorbenen keine bösen Worte sagen. Und daran hielt auch ich mich. Doch bedeutet das für mich nicht, zu lügen. Oder übertrieben lobende Worte zu finden, die nicht zutrafen. Ich würde niemals etwas sagen, bei dem alle Anwesenden sagen „Was für ein Schmarrn".

Ich begegnete einmal einem Mitarbeiter eines Bestatters auf dem Friedhof. Wir hatten noch Zeit bis zum Beginn der Trauerfeier. Und so kamen wir ins Gespräch. Und er erzählte mir von einer Trauerfeier, bei der der Pfarrer so viel Nettes und Positives über den Verstorbenen gesagt habe. Und irgendwann sei ein Trauergast aufgestanden, und habe laut beim Hinauslaufen gerufen: „Das war der doch gar nicht. Das wissen wir doch alle. So war er nicht…". Nein, das wollte ich bei meinen Trauerfeiern auf keinen Fall erleben.

Und darin besteht die Herausforderung: der Wahrheit gerecht zu werden und treffende Worte zu finden, wenn ein Mensch eben nicht so „wunderbar" war.

Dies gelingt mir, indem ich Verständnis für diesen Menschen erwecke. Indem ich seine möglichen Beweggründe darstelle. Und natürlich das „Versäumnis", welches im Leben des Verstorbenen geschehen ist, nicht detailliert beschreibe. Sondern eher das, was es in den Hinterbliebenen an Gefühlen ausgelöst hat, umschreibe.

Und gerne runde ich eine solche Episode ab mit dem Hinweis, dass keiner weiß, ob es nicht auch dem

Verstorbenen jetzt leidtun würde, wenn er nun darauf blickt.

Mit diesen Worten kann so viel Verständnis und Versöhnung erwirkt werden. Ich sehe es schon, wenn ich diese Worte ausspreche. An den Tränen, die plötzlich bei den Hinterbliebenen fließen. Auch wenn sie vorher mit harter oder versteinerter Miene am Grab standen. Oder an dem Nicken, was mir ihre Zustimmung signalisiert.

Sie haben erkannt, sie können verstehen. Und plötzlich wird das Herz weich.

Und darum geht es - um Versöhnung und um Heilung. Wenn dies schon nicht zu Lebzeiten geschehen kann, dann wenigstens in dem Moment des letzten Abschieds. Das ist mir sehr wichtig, weil ich weiß, wie wichtig und heilsam es für die Hinterbliebenen ist. So viel Schmerz kann dann noch an diesem Tag auf dem Friedhof gelassen werden.

Bei dem Unternehmer, der zwar erfolgreich, aber auch umstritten war als Führungskraft, war selbst ich erstaunt, dass so viele der anwesenden MitarbeiterInnen am Tag der Trauerfeier Tränen vergossen – Frauen und Männer.

Die Feier fand auf dem Betriebsgelände statt. Und dieses war außergewöhnlich kunstvoll und schön gestaltet, und ich brauchte nur auf dieses Umfeld hinweisen, welches der Verstorbene den Anwesenden hinterlassen hatte, und sie konnten dieses Erbe nun dankbar annehmen. Denn bei einem Unternehmer kommt es letztendlich auf den unternehmerischen Erfolg an, und nicht immer kann man dabei auf das „von allen geliebt werden" setzen.

Wichtig sind die Spuren, die ein Mensch hinterlässt. Hier waren sie greifbar und sichtbar.

Am Ende unseres Trauergespräches wurde ich denn doch von der persönlichen Assistentin gefragt, woher wir uns denn kennen würde. Und meine Antwort hatte ich parat. Sie stutze, und gab vor, sich nicht mehr genau an mich und die Umstände erinnern zu können.

Ich glaube, dass ich genau hier und heute am richtigen Platz war. Und dass mein Lächeln und meine Art heute von dem Unternehmer begrüßt worden wäre. Und ich hoffe, meine Rede hat ihn erfreut.

NEUN

Fritz

Das Display auf meinem Handy zeigte eine mir bekannte Nummer an. Es war ein Kunde aus dem Führungskräftecoaching. Zwischen dem Coaching gab es immer mal wieder Pausen, und ich dachte, er meldete sich nun wieder an für eine weitere Session.

Dem war nicht so.

Er berichtete mir sofort in seiner ruhigen Art, worum es ging.

Seine Frau war gerade mit dem dritten Kind schwanger, doch die Ärzte hatten eine sehr schwere Behinderung festgestellt, und dieses Kind sei nicht lebensfähig. Es sei noch nicht einmal sicher, wie lange die Schwangerschaft noch bestehen würde.

Er nannte mir einen Termin für das nächste Arztgespräch, und wollte sich danach in den nächsten Tagen melden.

Egal, wie es ausgehen würde, er wollte mich auf jeden Fall schon jetzt fragen, ob ich die Trauerrede für seinen Sohn halten würde.

Ich war sehr berührt, und mir standen die Tränen in den Augen.

Natürlich würde ich diese Aufgabe übernehmen, und ich bedankte mich bei ihm für sein Vertrauen. Es war mir eine Ehre.

Ich stellte keine weiteren Fragen, sondern wünschte ihm und seiner Frau viel Kraft für die nächste Zeit und die zu treffenden Entscheidungen.

Ich wartete seinen Anruf ab. Dieser kam – und er hatte gleich einen Termin für mich.

Sein Sohn Fritz wurde geboren. Er lebte schon bei der Geburt nicht mehr.

So einen Fall hatte ich noch nicht. Was würde ich sagen können über diese Seele?

Ich konnte nichts aus einem Leben hier auf Erden erzählen.

Keiner wusste, wie die Persönlichkeit dieses kleinen Menschenkindes je gewesen wäre.

Und mir kam der Gedanke, mich an das zu erinnern, was sich Eltern bei einem Neugeborenen wünschen und vorstellen.

Und so begannen viele meiner Sätze in dieser Rede mit den Worten „Vielleicht wäre Fritz mit seinen Geschwistern…". Ich überließ den Anwesenden ihrer Fantasie und ihren Wünschen.

Bei dieser Trauerfeier flossen sehr viele Tränen. Eines wiederholte ich in meiner Rede für dieses kleine, ungeborene Menschenkind immer wieder: seinen Namen Fritz. Denn sein Name würde nie mehr so häufig ausgesprochen werden, wie an diesem Tag. Und das hatte dieser kleine Junge verdient.

Nachtrag: Gerade hatte ich dieses Kapitel fertig, da klingelte einen Tag später mein Handy. Es war noch recht früh am Morgen. Und es war der Vater von Fritz. Lange hatte ich nichts von ihm gehört. Oft musste ich an ihn und seine Familie denken. Ich denke sehr oft an meine Klienten und frage auch häufig eine Zeit später nach, wie es ihnen geht.

Es war schon merkwürdig. Lange hatte ich nichts mehr von ihm gehört, und ausgerechnet heute rief er mich an. Vielleicht wollte er mal wieder ein Business Coaching bei mir buchen? Nein. Es war mehr. Viel mehr.

Er rief an, um mir zu sagen, wie sehr ihm und seiner Frau meine Worte über ihren Sohn geholfen hätten. Und wenn ich dies jetzt schreibe, tue ich dies im Bewusstsein, dass es dabei nicht um mich geht. Es geht allein um diese wundervolle Aufgabe, die ich tun darf. Mir lief eine Gänsehaut über meinen Körper.

Er bedankte sich bei mir und meinte, dass sie beide froh und dankbar seien, dass sie diesen Weg so gegangen seien. Dass sie diese Trauerfeier so gestaltet hätten und ich diese Worte gesprochen hätte. All dies wäre ihnen beiden ein ganz wichtiger Baustein auf ihrem Weg der Trauer und der Verarbeitung dieses traumatischen Erlebnisses gewesen.

Nein, dieser Anruf einen Tag nach Verfassen des Kapitels kam nicht zufällig. Er fiel mir zu – als Zeichen, dass ich mit diesem Büchlein genau richtig lag.

Ich bin ihm sehr dankbar für dieses Zeichen der Anerkennung für meine Arbeit. Und ich sehe es als Bestätigung, dass die Menschen diese benötigen. Ich bin am richtigen Platz im Leben.

ZEHN

Möchten Sie meine Schuhe?

Eine fröhliche Frauenstimme rief bei mir an. Ihre erste Frage war „Sie sind doch die Trauerrednerin? Ich brauche eine Trauerrede."

Ja, ich bin die Trauerrednerin. Aber typischerweise klingt zum einen die Stimme des Anrufers in einem solchen Fall schon einmal ernster und nicht so fröhlich. Zum anderen sagt man mir sofort, wer gestorben ist und wann die Bestattung ist.

Hier war das anders.

Die Dame plapperte regelrecht auf mich ein, und ich verstand nicht, was sie denn nun benötigte.

„Sie brauchen also eine Trauerrede? Ja, da sind Sie richtig. Darf ich fragen, für wen?"

Ihre Antwort haute mich für einen Moment um:

„Für mich".

Das hatte ich auch noch nicht gehabt. Dass jemand mich beauftragt für seine eigene Bestattung.

Ich habe keine Berührungsängste, und so fragte ich ganz offen, was sie habe.

Die Dame war etwas jünger als ich, und sie erzählte mir, dass sie schon seit vielen Jahren an Brustkrebs leide, und dieser nun ganz heftig zurückgekehrt sei. Diesmal gäbe es keine Hoffnung mehr. Das sagte sie so, als wenn sie gerade über das schlechte Wetter reden würde.

Wir verabredeten uns zu einem ersten Gespräch.

Ihre Wohnung sah ein wenig ausgeräumt aus. Viele Sachen steckten in Kartons.

„Möchten Sie einen Tee?" Wir setzen uns an den Esstisch. Sie plapperte drauflos, und wenn ich es nicht besser gewusst hätte, wäre ich nie auf den Gedanken gekommen, dass sie nicht mehr lange zu leben hatte. Bei ihrem Redeschwall vergaß sie, den Tee zu machen. Aufgeregt sprang sie auf. „Sie müssen entschuldigen, ich habe es vergessen. Ihr Tee…".

Dabei humpelte sie in die Küche, auf halbem Weg kehrte sie um und bat mich, mir den Tee selbst zuzubereiten. „Da oben im Schrank sind die Tassen. Teebeutel stehen auf der Theke. Würden Sie mir, bitte, auch einen Tee machen?"

Aber natürlich. Irgendwie fand ich diesen Pragmatismus bewundernswert. Keine übertriebene Fürsorge mehr für andere.

„Ich habe überall Metastasen und kann nicht mehr so gut laufen, wissen Sie."

Ich bewunderte sie für ihren Aktionismus. Sie hatte auch sonst nicht mehr viel zu tun. War mehr oder weniger ans Haus gefesselt.

Sie zeigte mir aus dem Fenster heraus den nahegelegenen Friedhof. „Da drüben, direkt neben der Kapelle, da ist mein Grab.

Und schauen Sie mal hier, so soll mein Kreuz aussehen. Der Tischler ist gerade dabei."

Dann stand sie auf, zog eine Schublade auf, und zeigte mir ein Utensil der Katholischen Kirche. Für den letzten Segen.

Sie legte es wieder zurück in die Schublade. „Mal sehen, wann es gebraucht wird."

Sie hatte alles geregelt.

Sie erzählte mir, dass ihre Freunde und Nachbarn Kuchen backen würden. Der Pfarrer, mit dem sie viele Gespräche führte, sollte auch ein paar Worte sprechen. Aber sie wünschte sich, dass ich die Trauerrede auf sie hielte. Es war mir eine Ehre.

Sie erzählte mir aus ihrem Leben. Dass sie eine große Liebe gehabt habe. Dieser Mann habe weiter entfernt gewohnt. Irgendwie wollte oder konnte sie damals nicht. Als sie dann soweit war und noch einmal mit ihm sprechen wollte, sei sie einfach in seinen Heimatort gefahren. Um festzustellen, dass er da gerade kurz zuvor verstorben war.

Kinder habe sie nicht gehabt. Doch als sie mir ein Foto aus ihrem Fotoalbum zeigte, war mir klar: sie hatte ein Kind. Sie saß auf einem wunderschönen fuchsroten Pferd, schmiegte sich an das Pferd, und ihre lange, dicke Mähne von ebenfalls rotem Haar wehte im Wind. Die beiden waren eine Einheit, das spürte man allein schon beim Betrachten dieses Bildes.

Und sie bestätigte mir denn auch meinen Gedanken: "Das war mein Kind. Dieses Pferd und ich – das war eine unbeschreibliche Verbindung."

Ja, lange habe sie mit dem Schicksal gehadert. Dass sie keinen Mann und vor allem, keine Kinder gehabt hätte.

Und dann sagte sie den Satz, der mich am meisten beeindruckte. Sie sagte: „es ist alles gut so, wie es jetzt ist. Ich vermisse nichts, und ich hatte ein schönes Leben. Ich habe viele gute Freunde gefunden, die mir gerade jetzt, in dieser Zeit, zur Seite stehen."

Sie strahlte einen inneren Frieden aus – wenn doch nur jeder Mensch so friedlich und fröhlich aus dem Leben gehen könnte.

Als ich mich verabschiedete, fragte sie mich nach meiner Schuhgröße. Ob ich nicht ein Paar Schuhe von ihr mitnehmen wolle – sie brauche sie nicht mehr.

Auch dies sprach sie aus, als wenn sie mir sagte: „Komm, nimm noch etwas von dem Kuchen mit – es ist eh zu viel da".

Als ich sie das nächste Mal besuchte, war sie bereits im Hospiz.

Ich betrat ihr Zimmer. Sie lag lachend in ihrem Bett, im Zimmer waren zwei Männer, die sie in einem ihrer Urlaube vor vielen Jahren kennengelernt hatte. Sie unterhielten sich über die Traumstrände in der Karibik. Alle lachten. Sie stellte mich vor, und es war, als wenn ich mit dazugehörte in diesem fast lustigen Kreis.

Hier wurde jemand aus dem Leben verabschiedet mit einer Lebensfreude und einer Liebe – es war wunderschön.

Sie freute sich sehr, mich wiederzusehen. Und auch ich freute mich, sie so gelöst und friedlich vorzufinden.

Ein paar Tage später bekam ich einen Anruf von ihrem Bruder. Er teilte mir den Tag ihrer Bestattung mit.

Das Gemeindehaus war bunt geschmückt. Überall wuselten Leute herum. Ein leckeres Kuchenbuffet erwartete den Gast.

Ich sollte meine Rede im Gemeindehaus halten, wenn alle Gäste zum Kaffeetrinken beisammensäßen.

Es war ein munteres Treiben.

Übrigens nennt man hier in der Gegend dieses gesellige Zusammensein nach einer Bestattung „Seelentröster". Was für ein herrliches Wort, welches mir viel besser gefällt als „Leichenschmaus".

Während ich redete, wurden viele schöne Bilder aus dem Leben der Verstorbenen auf ein Bettlaken an der Wand projiziert – von Kindesbeinen an.

Diese Trauerfeier war eine der schönsten, die ich miterleben durfte.

Als ich mich verabschiedete, ging ich im Flur an einem Büchertisch vorbei. Sie hatte noch ganz viele Bücher herausgesucht. An der Wand stand ein großes Plakat mit den Worten „Bitte nehmt euch 2 oder 3 Bücher in Erinnerung an mich mit".

Sie hatte es selbst geschrieben.

E L F

Kenne deine Heimat

Das Einzugsgebiet eines Trauerredners kann sich schon einmal ziehen.

Ich erinnere mich gut an einen der ersten Aufträge in der Rhön.

Der Friedhof war mir zu dem Zeitpunkt noch unbekannt. Normalerweise mache ich alles vor dem großen Tag der Bestattung sicher: ich checke tausendmal die Trauerrede – sind auch alle Blätter da? Ich habe mittlerweile ein zweites Exemplar in der Tasche – zur Sicherheit. Denn einmal hat mir der Sturm ein Blatt aus der Hand gerissen und -schwupp- flog es in den Himmel.

Ich überprüfe sorgsam tausendmal Termin, Zeit und Ort. Eine Horrorvorstellung, wenn ich einmal zu spät käme. In Gedanken stellt man sich da ein Szenario vor, welches mich dazu veranlassen würde, ins Zeugenschutzprogramm zu gehen. Da, wo mich keiner kennt.

Scherz beiseite – es gibt für diesen Moment keine zweite Chance. Alles muss sitzen. Alles muss stimmen. Und selbst ein kurzes verbales Abstimmen vor Ort ist so gut wie ausgeschlossen. An dem Ort und zu der Zeit muss jeder wissen, was er zu tun hat. Wann welches

Lied abgespielt werden soll. Wann die Trauerrede beendet ist und Sarg oder Urne hinausgetragen wird.

Und so fahre ich bei jedem unbekannten Friedhof auch vorher vorbei, um die Adresse genau zu kennen. Denn: probieren Sie einmal, eine navigationstaugliche Adresse eines Friedhofes in Ihrer Stadt zu googlen. Es wird Ihnen nicht gelingen.

Und auch die Bestatter sind in diesem Fall keine große Hilfe, denn sie kennen diese Friedhöfe schon so lange, dass sie „blind" den Weg dorthin finden. Ich jedoch komme nicht aus dieser Region – es ist meine neue Heimat. Und die sollte ich kennenlernen. Und wenn es auch nur die Friedhöfe sind.

Da nun dieser Friedhof in der hohen Rhön lag, ersparte ich mir das vorherige Vorbeifahren – aus Zeit- aber auch aus ökologischen Gründen.

Dennoch googelte ich den Friedhof natürlich zuvor. Sicher ist sicher. Dachte ich, und fuhr los.

Ich fuhr durch den Ort, wo die Bestattung stattfinden sollte. Gerade, weil ich nicht genau wusste, wo, war ich ganz lange vor dem Beginn der Trauerfeier unterwegs.

Ich schaute mich um. Kein Hinweis oder kein Schild zum Friedhof waren zu sehen. Ich fuhr durch den kleinen Ort hindurch. Mag ja sein, dass der Friedhof ein bisschen außerhalb lag. Ich kam auf eine

Schnellstraße. Nach ein paar Kilometern war mir klar: hier bist du falsch. Hier kann es nicht mehr zu dem Friedhof führen. Allenfalls in die Natur.

Den Fehler schnell erkannt, doch umdrehen konnte ich auf dieser Straße nicht. So musste ich also weiterfahren. Ein paar Kilometer. Bis ich irgendwann die Möglichkeit zum Wenden und Zurückfahren hatte.

Langsam wurde mir ein bisschen mulmig zumute. Hier war weit und breit niemand. Nichts. Noch nicht einmal Fuchs und Hase.

„Okay, bleib ruhig, du hast genug Zeit", sagte ich mir.

Doch der Weg zurück war ja genauso viele Kilometer lang wie der Weg ins Nirvana.

Ich versuchte, während der Fahrt den Bestatter anzurufen. Er würde mir den Weg schnell beschreiben können. Das Büro ist ja 24 Stunden lang erreichbar. Pustekuchen. Funkloch. Ich sagte ja: Nirvana. Auch technisch.

Gut, dann würde ich eben schnell noch einmal googlen. Irgendwo musste dieser Friedhof doch hier in der Nähe sein.

Sicherlich. Doch leider funktionierte noch nicht einmal Google. Ich war verloren.

Nun schnell ein Stoßgebet in den Himmel geschickt. „Wo bitte geht es hier zum Friedhof?" Aber ich konnte ja eh nur auf dieser Straße in eine Richtung fahren. Und die hieß: zurück.

Im Ort wieder angekommen, zögerte ich nicht lange. Ich würde bei der nächstbesten Gelegenheit anhalten und in ein Geschäft springen.

Ich schaute auf die Uhr. Ich hatte noch genau sieben Minuten bis zum Beginn der Zeremonie.

Nicht gut. Aber gerade noch ausreichend. Wenn ich denn schnellstens einen finden würde in diesem Kaff, der mir helfen konnte.

Doch ich hatte die Rechnung ohne die ländliche Rhönbevölkerung gemacht. Hier war in der Mittagszeit alles zu. Geschlossen.

Doch da schickte mir der Himmel plötzlich eine Steuerberaterkanzlei. Meine Bremsen quietschten. Ich stellet das Auto ab, sprang aus dem Auto, stürmte in die Steuerkanzlei und sagte die folgenden Worte:

„Fragen Sie nicht. Ich bin Trauerrednerin, und ich habe in genau sechs Minuten hier im Ort eine Trauerfeier. Bitte, WO ist hier der Friedhof???"

Der Steuerberater höchstpersönlich zögerte nicht, sprang mit mir wieder hinaus auf die Straße, zeigte mir den Weg und verabschiedete mich mit den Worten „Viel Glück".

Ich war schon wieder halb im Auto und winkte ihm noch dankbar zu.

Meine Herren, an dem Friedhof war ich sogar zweimal vorbeigefahren, doch ich hatte ihn irgendwie nicht wahrgenommen in meiner Aufgeregtheit.

So, jetzt noch schnell das Auto geparkt. Nun war der Parkplatz auch noch einige Meter weit entfernt vom Eingangstor. Gott sei Dank war da eine hohe Mauer, so dass keiner der vollzählig anwesenden Trauergäste sehen konnte, wie ich meine Beine in die Hand nahm und zum Eingangstor hetzte.

Noch fünf Minuten.

Sobald ich das Tor passierte und die Trauergemeinde mich sehen konnte, schritt ich erhobenen Hauptes auf die Aussegnungshalle zu.

Ich nickte kurz der Familie zu und tat so, als wenn alles so sein sollte. Niemand sollte meinen Stress und mein Herzklopfen, was ich natürlich mittlerweile hatte, bemerken.

Ich ging mit dem Bestatter kurz hinter die Tür in die Kammer.
„Fragen Sie mich nicht!!! Ich erkläre Ihnen alles hinterher. Jetzt muss ich einmal tief durchatmen, meinen Herzschlag regulieren, und dann gehe ich raus."

Sprachs, und trat ans Mikrofon. Meine Rede war wie immer. Ruhig, präsent und würdevoll. Gut, dass keiner meinen Puls fühlte.

Ich entschuldigte mich danach bei der Witwe und erklärte ihr, dass es nicht meine Art sei, auf die letzte Minute zu erscheinen, doch ich hätte den Friedhof einfach nicht finden können. Sie nickte und war mir nicht böse. Aber, meine Güte – wenn ich so darüber nachdenke: was muss die arme Frau da kurz zuvor ausgestanden haben? Denn eines ist klar: Ohne den Verstorbenen und ohne den Trauerredner fangen sie nicht an.

Ach ja, ich begann meine Trauerrede übrigens um Punkt 14 Uhr. So, wie es geplant war.

ZWÖLF

Prost – auf das Leben

In derselben Gegend oben in der Rhön war eine weitere außergewöhnliche Beerdigung.

Es handelte sich um einen Mann, der mit ungefähr 65 Jahren einfach so tot auf der Straße umfiel. Das tragische war, dass er seinen siebenjährigen Enkel an der Hand hielt, mit dem er einkaufen war. Dem Himmel sei Dank, gab es geistesgegenwärtige Menschen, die den Jungen sofort an die Hand nahmen.

Der Mann hatte ein Aneurysma im Kopf, von dem er nichts wusste. Binnen Minuten, vielleicht sogar Sekunden war er tot.

Die Ehefrau und deren Tochter diskutierten lange mit mir, ob sie den kleinen Jungen, der sehr am Opa hing und der dieses dramatische Ereignis miterlebt hatte, nun zur Beerdigung mitkommen sollte oder nicht.

Sie fragten, was meine Meinung war. Ich hielt es für wichtig, denn der Tod gehört zum Leben, und je früher man mit einer Verabschiedung in Berührung kommt, um so selbstverständlicher wird er ins Leben integriert.

Ich versprach ihnen, ich würde sehr behutsam die Anwesenheit des Kindes in meine Trauerrede mit einbeziehen und ihm ein paar heilsame und kindgerechte Worte widmen.

Aber – entscheiden sollen die Familien es selbst.

Und egal, wie sie es tun, wird es gut und richtig sein.

Bei dem Verstorbenen handelte es sich um einen gebürtigen Franzosen.

Und als die Trauerrede beendet war, holten die Witwe und andere Trauergäste Weingläser und Rotwein aus ihren mitgebrachten Taschen.

Und ein Weinglas wurde dem Verstorbenen auf seinen Sarg gestellt.

Alle Trauergäste prosteten sich zu und tranken auf den Verstorbenen und das Leben.

Andere Länder – andere Sitten. Es gefiel mir.

Prost. Auf das Leben. Das Leben geht weiter.

DREIZEHN

Peinlich

Es war Winter, und wieder fand eine Trauerfeier in der Rhön statt. Wir standen alle draußen im Freien, ohne Unterstand, und es war ein sehr trüber Tag. Der Wind blies, zudem regnete es. Also alles, was ein Trauerredner nicht braucht.

Ein Mann war im hohen Alter verstorben – für mich ein relativ „normaler" Trauerfall. Es gab eine Familie, und nichts, was diesen Fall herausfordernd sein ließ.

Ehefrau und Tochter standen mir vis-à-vis.

Ich schaue gerade zu Beginn den nächsten Angehörigen gerne ins Gesicht und spreche sie bei meiner Begrüßung namentlich an.

Mit der Zeit habe ich gelernt, dass man bei den wenigsten Angehörigen und Trauernden bei der Trauerfeier Emotionen oder Zuspruch erkennen kann.

Und es laufen viel seltener die Tränen, als ich es vermutet hätte.

Die meisten Menschen sind sehr gefasst, gar stoisch auf einer Trauerfeier.

Da werden schon mal eher ein Nicken oder auch ein Lächeln gezeigt, wenn ich das Herz der Zuhörer berührt habe. Manchmal schauen sich die Angehörigen auch lächelnd an, als wollte sie sich stummzurufen „Ja genau, so war er".

Doch hier war sofort etwas anders. Mutter und Tochter schauten sich an. Aber nicht lächelnd. Nicht nickend.

Irgendetwas war falsch. Und so riefen sie mir denn auch zu: „Er heißt nicht Horst, er heißt Ernst."

Oh mein Gott – ich hatte einen falschen Namen genannt.

Nun ist es ja manchmal so, dass unser Gehirn gerne einen Fehler im Geschrieben überliest. Man erkennt den Fehler nicht, und das Gehirn konstruiert unbemerkt das korrekte Wort.

Ich schaute in meine Rede – doch, tatsächlich. Auch hier stand „Horst". Es war mein Fehler.

Ich entschuldigte mich und nahm die Rede wieder auf, diesmal natürlich mit den korrekten Namen des Verstorbenen.

Den Anwesenden schien es danach nichts weiter auszumachen, und meine Rede kam trotz dieses Lapsus offensichtlich dennoch gut an.

Es ist mir bis heute ein Rätsel, wie mir dies passieren konnte. Ich rief sofort am nächsten Tag die Witwe an, um mich nochmals in aller Form bei ihr zu entschuldigen. Sie war überhaupt nicht böse und meinte zu mir: „das kann doch jedem passieren. Sie sind doch auch nur ein Mensch. Fehler passieren nun einmal. Sie haben sich doch sofort korrigiert."

Ich war ihr so dankbar. Sie hatte wohl recht: ich war eben auch nur ein Mensch. Doch peinlich war es mir nach wie vor.

VIERZEHN

Regenbogen

Eine meiner berührendsten Geschichten ist diese hier.

Sie geschah schon in der Corona Pandemie.

Ich wurde extra vom Bestatter angerufen und man erzählte mir, dass es sich hier um eine ganz besonders liebe Frau handele, die mit Mitte Fünfzig leider an Krebs verstorben war. Sie sei eine Bekannte des Hauses und es sei ihnen sehr wichtig, dass ich diese Rede hielte.

Ich fuhr hin zum Haus der Familie. Ein kleines gemütliches Häuschen, und mir fiel sofort auf, wie schön dekoriert alles war. An den Wänden hingen ganz viele Familienbilder.

Ich nehme schon beim Betreten des Hauses viel wahr und bekomme viele Eindrücke von den Menschen, die mich erwarten.

Alleine die Bilder sprachen schon zu mir: hier fand ich eine große und fröhliche Familie vor, die zusammenhielt.

Und so war es auch. Der Vater hatte mir die Tür geöffnet, und im Esszimmer warteten seine drei erwachsenen Kinder auf mich.

Ein Händeschütteln war wegen Corona nicht angesagt.

So ein Trauergespräch dauert bei mir mindestens zwei, manchmal sogar bis zu drei Stunden. Im Schnitt circa zweieinhalb Stunden.

Nun saßen wir also alle in diesem kleinen Esszimmer rund um den Tisch.

Die Trauer war groß, die geliebte Mutter hatte ihren Tod vorausgeahnt, und den Kindern die Aufgabe mitgegeben, sich um den Vater zu kümmern.

Der Vater war in einem Modus zwischen Lethargie, Ausgelaugt sein und Unruhe. Immer wieder sprang er auf und lief zu mir. Er zeigte mir immer neue Fotos aus dem Familienalbum.

Und immer wieder erinnerten seine Kinder ihn: „Papa, nicht so nah!" Er verstand es gar nicht in seinem Eifer, mir seine Frau ganz nahe zu bringen. „Papa, Abstand, Corona."

„Ach ja, tut mir leid." Ich hatte nur zur Genüge Verständnis für ihn. Irgendwie erinnerte mich diese Situation an die Zeit, als sich alle unsere Nachbarn in meinem Elternhaus zusammenfanden, nachdem meine Mutter gestorben war.

Auch hier war eine Mutter von drei Kindern gestorben. Die beiden älteren Geschwister hatten selbst schon Familie. Doch es gab noch ein Nesthäkchen. Und diese studierte weiter weg. Die Mutter wartete, bis auch diese Tochter sie ein letztes Mal besuchen konnte. Dann ging sie.

Wegen Corona durften zu dem Zeitpunkt immer nur zwei Besucher gleichzeitig im Krankenzimmer sein. So war der Vater mit der jüngsten Tochter anwesend, als die Mutter starb.

Der Sohn, Familienvater von zwei kleinen Kindern erzählte mir, dass in dieser Nacht etwas sehr Seltsames passiert sei. Er habe geschlafen und im Traum seine Mutter gesehen. Sie habe sich von ihm verabschiedet. Und als er wach geworden sei, klingelte sein Telefon. Und noch bevor er das Gespräch annahm, wusste er, dass seine Mutter in dem Moment gestorben war.

Die Familie war nicht besonders religiös, schon gar nicht spirituell. Sie hatten nur einen ganz besonders engen „Draht" zueinander.

Als sich die Familie am nächsten Morgen in dem Wohnort, einem sehr kleinen Dorf, vor dem Elternhaus der Mutter versammelte, indem mittlerweile einer ihrer Brüder wohnte, da hätten sie alle draußen auf der Straße ihn gesehen: den Regenbogen.

Und sie wussten: „Das war die Mama. Sie schickt uns einen Gruß."

In diesem Bild, was die ganze Familie so erlebt hatte, haben sie so viel Trost gefunden, dass es einem das Herz erwärmt.

Die Trauerfeier fand in einem Friedwald statt – ein wunderschöner Ort. Und der Sohn selbst hielt unter Tränen auch noch eine Rede für seine Mutter.

Diese Wärme und Liebe in dieser Familie war für mich wunderschön mitzuerleben.

Alle stützen sich und trösteten sich gegenseitig.

Nur ein paar Tage später klingelte mein Telefon erneut- es war der Sohn, der mich anrief.

„Frau Waldner, DAS muss ich Ihnen erzählen." Und seine Geschichte verursacht noch heute eine Gänsehaut und Dankbarkeit bei mir.

Als seine Mutter schon im Sterben lag, besuchte er sie zusammen mit seiner Frau und den beiden kleinen Mädels. Und seine Mutter fragte ihn ständig: „Wo ist euer drittes Kind?" Es gab kein drittes Kind, und so schob er es auf die starken Medikamente, die wohl schon den Verstand der Mutter beeinträchtigt hatten.

Einen Tag nach der Bestattung verriet ihm seine Frau ein Geheimnis, welches sie bereits seit ein paar Tagen mit sich trug. Sie war schwanger mit dem dritten Kind.

Es war nicht geplant, und die Überraschung war groß. Mit Rücksicht auf den Tod der Mutter und

Schwiegermutter wollte sie bis nach der Bestattung warten, um ihrem Mann davon zu erzählen.

Ich war so tief beeindruckt von diesem Erlebnis, dass ich es kaum in Worte fassen kann.

Diese Familie war so stark in der Liebe miteinander verbunden, dass sie mehr als nur ein Zeichen bekamen.

Eine wunderschöne Geschichte, die wahr ist.

FÜNFZEHN

Suizid – ein trauriges Kapitel

Nicht immer gibt es so berührend schöne Geschichten bei einem Trauerfall.

Manchmal erlebt man auch Fassungslosigkeit, wenn ein Angehöriger sich selbst das Leben genommen hat.

Fragen, Ratlosigkeit, Schuldvorwürfe – da bleibt ganz viel bei den Hinterbliebenen.

Manchmal gibt es Fälle, wo sich der Suizidant kurz zuvor ganz ruhig zeigt. Als sei nichts. Er wiegt seine Familie geradezu in Sicherheit, dass es ihm gutgehe. Um dann seine Absicht umzusetzen.

Immer wieder stellen sich die Hinterbliebenen die einzige Frage: „Hätte ich etwas bemerken müssen und hätte ich etwas verhindern können?"

Die Antwort lautet wohl in den allermeisten Fällen „Nein".

Ich glaube daran, dass sich diese Seele dieses Schicksal so gewählt hat. Niemand hätte dies verhindern können.

Aber dies ist meine Ansicht.

Oft geht einem Suizid eine leichte, fast fröhliche Phase voraus. Dann nämlich, wenn der Suizidant in seinem

Entschluss gefestigt und sicher ist. Dann kehrt eine unheimliche Ruhe bei ihm ein.

Ich erinnere mich an einen Fall, wo sich ein Mediziner das Leben mit einer ganz besonderen „Technik" nahm, die nur ein Mediziner kennen konnte und von bei der er sich sicher sein konnte, dass sie zum Tode führen würde.

Ich lasse es einmal so stehen – auch mich macht es fassungslos und sehr traurig, dass ein Mensch sein Leben nicht mehr lebenswert findet und auf diese Weise aus dem Leben scheidet.

Doch eine Wertung hierüber liegt mir, anders als die Kirche, mehr als fern.

Im Gegenteil: nachdem ich selbst einmal während meiner Höllenphase in der Krebstherapie im 5. Stock eines Krankenhauses stand und meinen Schmerzen ein Ende setzen wollte, kann ich dies sehr gut nachempfinden.

Auch ich wollte einmal, dass es vorbei ist.

Der liebe Gott wollte dies vielleicht nicht, denn die Fenster eines Krankenhauses im 5. Stock lassen sich nicht öffnen.

Gott sei Dank.

SECHZEHN

Glaube, Liebe, Hoffnung

Hier in Bayern ist der überwiegende Teil der Bevölkerung katholisch. Auch wenn die Kirchenzugehörigkeit zusehends schwindet – auf dem Land ist dieser Glaube noch Tradition.

Wenn ich für eine Trauerrede gerufen werde, heißt dies nicht zwangsläufig, dass die Angehörigen keiner Kirche oder keinem Glauben angehören. Doch sie wünschen sich etwas anderes. Sie wünschen sich mehr.

Ich beginne das Gespräch immer erst mit Zahlen, Daten und Fakten. Also mit dem, was „unstreitig" und unkompliziert ist. Schon währenddessen bekomme ich manchmal mit, wie die Einstellung der Angehörigen oder auch des Verstorbenen ist.

Nicht selten wünschen sich Angehörige denn doch ein Lied aus dem Kirchenliederbuch oder mit einem christlichen Hintergrund.

Oft sogar mit den Worten: „Aber eigentlich glaube ich, dass mit dem Tod alles vorbei ist." Ich muss dann immer schmunzeln.

Ich muss Sie jetzt enttäuschen – auch ich möchte Sie nicht von etwas überzeugen, was Sie nicht glauben wollen.

Aber wie oft habe ich es im Laufe meiner vielen Trauergespräche erlebt, dass da eben doch eine große Hoffnung ist. Auf „irgendetwas".

„Ja, doch, irgendwas ist da wohl", meinen viele. „Ich weiß es nicht, aber es ist doch ein schöner Gedanke".

„Ich denke, die Oma ist jetzt da oben im Himmel."

So hören sich die Wünsche und Sehnsüchte der Lebenden an, wenn sie an ihren Verstorbenen denken.

Manchmal wird dieser Wunsch auch nur in einem Lied ausgedrückt, ohne es explizit an- und auszusprechen. Aber dieses Lied soll es dann unbedingt sein zum Abschluss. Oder ein entsprechender Spruch auf der Traueranzeige.

Ich freue mich, wenn die Menschen in ihrem Herzen sich diese Tür offenlassen können. Denn was gibt es Schöneres, als den Gedanken, dass wir uns irgendwann wiedersehen, dass unser irdisches Leben auch nur ein „Auslandssemester" ist, oder dass wir gar mehrere Leben haben?

Ich finde diesen Gedanken ganz wunderbar und auch spannend. Was, wenn ich schon so viele Erfahrungen in verschiedenen Leben gemacht habe und noch einige mach kann? Oder meine Seele mit jedem Leben weiterentwickeln kann?

Wie auch immer man es sieht: es ist eine schöne Vorstellung.

Ich lasse jede Ansicht und Vorstellung hierüber frei und versuche niemanden von etwas zu überzeugen. Mein Spruch ist dann immer: es ist doch besser, an etwas Schönes zu glauben, oder?

Wir wissen es nicht, aber man kann mir auch nicht das Gegenteil beweisen. Ende offen, sozusagen.

SIEBZEHN

Es riecht nach Fisch

Ich hörte schon an der Stimme des Anrufers, dass er aus dem Norden Deutschlands kam.

Seine Mutter war verstorben, und die Familie wollte einen Trauerredner für ihre Bestattung.

Im Trauergespräch wurde mir ihre Lebensgeschichte erzählt. Geboren und aufgewachsen war sie auf Usedom. Der Vater war Fischer, und auch die Tochter musste oft mithelfen bei dem Verkauf und der Verarbeitung des Fischfanges. Sie war wohl nicht so glücklich mit ihrem Leben als Tochter eines Fischers auf Usedom, denn schon sehr bald verließ sie die Insel mit einem Mann und gründete eine eigene Familie.

Die Familie stammte also aus der ehemaligen DDR, und sie hatten einen sehr unkomplizierten Umgang miteinander und mit mir.

Die beiden Söhne der Verstorbenen redeten nicht lange drumherum. Und ich hätte es ohnehin schnell gespürt. Ihr Verhältnis zur Mutter war nicht das herzlichste. Oder besser gesagt: die Mutter hatte sie nie ihre warme Mutterliebe so spüren lassen. Ich konnte spüren, dass dies selbst heute noch den längst erwachsenen Männern zu schaffen machte.

Verständlich. Doch beide gaben sich „stark und männlich".

Dennoch waren sie sehr darum bemüht, ihrer Mutter einen würdevollen und schönen Abschied zu bereiten.

Wir saßen ein paar Stunden zusammen. Ich erfuhr viel Interessantes aus der Zeit aus der DDR, und wir lachten auch viel zusammen. Das war gar nicht mal ungewöhnlich in den Trauergesprächen, die ich führte.

Zuhause machte ich mich bald an das Schreiben der Trauerrede.

Hier war es mal wieder eine Herausforderung, liebevolle und verständnishaschende Worte für diese Frau zu finden. Von den Söhnen kam wenig Input, was dies betraf. Dennoch hatte auch dieser Mensch eine verletzliche und weiche Seite an sich. Ich würde sie nur entdecken müssen.

Während ich die Rede schrieb, oben im Haus in meinem Büro, vernahm ich immer stärker werdenden Fischgeruch. Nicht Bratfisch, nicht Kochfisch. Nein, es war ganz eindeutig frischer Fisch, den ich da roch.

Ich musste lachen. Fast fühlte ich mich wie auf der Insel Usedom. Inmitten des damaligen Zuhauses der Verstorbenen. So konnte ich mich wunderbar hineinversetzen in die Jugendzeit dieser Frau.

Das war das erste Mal, dass mir so etwas passierte. Doch es würde nicht das letzte Mal sein.

Am Tag der Bestattung verdrückten sogar die beiden Männer, die im Trauergespräch noch sehr gefasst wirken, ein paar Tränen. Und freuten sich selbst darüber, wie sie mir zum Schluss beichteten. Das hatten sie nicht erwartet.

ACHTZEHN

Wunden

Wieder erhielt ich einen Auftrag direkt vom Bestatter.

Das war eher die Regel. Selten riefen die Angehörigen selbst mich an.

Ich sollte zu einer jungen Witwe fahren, ihr Mann sei vor ein paar Tagen schon verstorben. Die Leiche sei nun freigegeben und könne bestattet werden.

Das hörte sich schon einmal dramatisch an.

Meist erhalte ich bei der ersten Anfrage nur den Namen und die Adresse der Angehörigen – alles weitere würde ich erst im Trauergespräch selbst hören. Manchmal weiß ich noch nicht einmal, wer verstorben ist, sondern ich werde nur angefragt, ob ich an einem bestimmten Termin verfügbar wäre.

Ich verabredete sofort einen Termin mit der jungen Witwe.

„Bitte am besten vormittags, da sind die Kinder in der Schule und im Kindergarten", sagte sie mir noch.

Das Haus, in dem die Familie wohnte, stand noch nicht allzu lange dort. Es war ein sehr schöner Neubau.

Eine sehr schlanke Frau öffnete mir die Tür. Sie sah verweint aus.

Ihre Freundin war ebenfalls anwesend, um sie zu unterstützen.

Die Witwe erzählte mir die Geschichte ihres Kennenlernens. Immer wieder wurde sie durch ihre Tränen unterbrochen. Ihr Mann hatte sich vor ein paar Jahren mit dem hiesigen Chor auf eine Chorreise nach Russland begeben.

Sein Quartier sollte in einer Familie vor Ort sein. Doch durch ein Versehen war die Unterkunft doppelt belegt, und er musste sich eine neue Möglichkeit zum Schlafen suchen.

So wollte es der Zufall, dass die junge Frau, die damals noch überhaupt kein Wort Deutsch sprach, in dem neuen Quartier mit ihrem zukünftigen Mann zusammenkam. Doch daran war zu dem damaligen Zeitpunkt noch gar nicht zu denken. Es war ein langer Weg. Viele Behördengänge, Formulare, sprachliche Barrieren und die Jobsuche standen davor – doch am Ende wurden die beiden ein Paar.

Sie kam nach Deutschland, und da sie einige Jahre jünger war, wünschte sie sich eine eigene Familie mit Kindern.

Ihr Mann hatte jedoch bereits zwei Kinder aus einer früheren Ehe. Er war sehr um diese Kinder bemüht, und als er mit seiner Frau dieses neue, wunderschöne Haus baute, da bekamen diese beiden Kinder sogar jeder ein eigenes Zimmer.

Seine Frau wünschte sich eigentlich drei Kinder, und als sie nach dem ersten gemeinsamen Sohn noch einmal schwanger wurde, meinte ihr Mann, dass dies aber wohl reichen sollte. Insgesamt vier Kinder.

Als die Frau das erste Ultraschallbild ihrem Mann zeigte, auf dem Zwillinge zu erkennen waren, mussten beide herzhaft lachen. Das Schicksal hatte ihr ihren Wunsch erfüllt.

Ihre Worte waren bei dieser sehr anrührenden Geschichte so voller Liebe. Und ihr Schmerz über den Verlust ihres Mannes so sehr spürbar – fast musste ich mitweinen.

Ja, auch mir stehen manchmal die Tränen in den Augen. Wenn der Schicksalsschlag sehr hart ist.

Ich schäme mich nicht dafür, im Gegenteil.

Im Coaching nennt man das „Dissoziation", und es bedeutet, dass ich emphatisch und dem anderen ganz nah, und dennoch professionell sein kann.

Ihre Geschichte war so voller „Zufälle" – was einem so zufällt im Leben. Das kann kein Zufall sein, denke ich dann.

Sie sprach von dem schwierigen Verhältnis zu den beiden Kindern ihres Mannes. Die ja nun auch ihren Vater verloren hatten.

Diese beiden waren nicht frei in ihrer Entscheidung, mit dem Vater und seiner neuen Familie umzugehen.

Mir war klar: in meiner Rede mussten diese Kinder mehr als nur erwähnt werden. Sie mussten einen Platz bekommen. Vielleicht würden die Worte auf der Beerdigung ihres Vaters erst Jahre später für sie eine Bedeutung bekommen. Doch ich wünschte mir, auch sie trotz aller Distanz zu erreichen.

Am Tag der Beerdigung stand da die Witwe mit ihren drei Kindern am Sarg ihres Mannes. Die kleineren Zwillinge waren in Blumenkleidchen gekleidet. Der ältere Sohn schaute sehr wach sich das ganze Prozedere an.

Zwar kannte ich die beiden älteren Kinder des Verstorbenen nicht. Ich wusste nur, dass es ein Junge von achtzehn und ein Mädchen von sechzehn Jahren waren.

Schon als sie den Friedhof betraten, spürte ich: das müssen sie sein. Sie stellten sich an den äußersten Rand der Trauergäste. Ganz weit weg.

Ihr Schmerz war deutlich für mich spürbar. Ich konnte mir ansatzweise vorstellen, wie sie sich fühlen mussten.

Da stand da vorne, am weitesten weg von ihnen, der Sarg ihres Vaters. Der sie sehr geliebt hatte und immer für sie da war. Und der nun, ganz plötzlich, aus dem

Leben gerissen wurde. Er verstarb, als er morgens mit dem Fahrrad für seine Familie die Brötchen holen wollte. Auf dem Rückweg, unmittelbar vor seinem Haus, fiel er vom Fahrrad. Da er an diesem Sonntagmorgen alleine war, wusste man nicht, ob eine Fremdbeteiligung dabei war. Deswegen wurde sein Leichnam untersucht, wobei man festgestellt hatte, dass er an einem unbekannten Herzfehler litt. Wahrscheinlich war er tot vom Fahrrad gefallen.

Wie innerlich zerrissen und durcheinander mussten diese beiden jungen Menschen sein?

Diese auch räumliche Distanz gab ihnen Schutz.

Ich begann mit meiner Rede.

Als ich auf den Vater und seine sehr kümmernde und liebevolle Art, die mir von sehr vielen bestätigt wurde, zu sprechen kam, schüttelte der Junge immer wieder den Kopf. Er lachte.

Als wolle er sagen: „Was für ein Quatsch. Das stimmt doch alles gar nicht."

Für einen kurzen Moment war ich irritiert. Man stelle sich einmal vor: ich halte eine Trauerrede auf einen Menschen, und ein anwesender Gast lacht und schüttelt immer wieder seinen Kopf.

Doch mir war klar: dieser junge Mann konnte am allerwenigsten verstehen, was hier gerade passierte. Wahrscheinlich hatte er noch lange nicht die Trennung seiner Eltern verkraftet, denn auch seine Mutter hatte sich ganz schnell wieder einem neuen Mann und einem neuen Kind zugewandt. Und nun war sein Vater nicht mehr da, mit dem er im Laufe seines Erwachsenwerdens das alles hätte aufarbeiten können.

Was für ein großer Schmerz war in diesem jungen Menschen.

Ich versuchte spontan, die beiden älteren Kinder des Verstorbenen nach vorne zu holen. Denn schließlich standen neben dem Sarg ihres Vaters auch ihre drei Halb-Geschwister. (Ich mag diesen Ausdruck überhaupt nicht und vermeide ihn – hier gibt es kein „weniger" oder „mehr", es waren ihre Geschwister.)

Ich lud Sohn und Tochter ein, in diesem Moment des Abschieds als Familie zusammen zu sein.

Unter Tränen kam die Tochter nach vorne. Sie setzte sich neben die Witwe, und beide hielt sich weinend an den Händen.

Es berührte mein Herz. Genauso wie es mein Herz berührte, dass der erwachsene Sohn es nicht konnte. Er würde noch viel Zeit brauchen, um sein Herz und seine Wunden heilen zu lassen.

Am ausgehobenen Grab mussten wir ein wenig warten, bis alle Trauergäste sich auch dort versammelt hatten.

Es brach mir das Herz, als ich sah, wie da die junge Frau mit den drei kleinen Kindern am offenen Grab stand und ihr ältester Sohn in das ausgehobene Grab schaute. Sie erklärte ihm, dass da gleich der Papa hineinkäme.

Das verstand er – doch was dieser Tag für sein Leben bedeutet würde, das konnte dieser kleine Mensch noch lange nicht verstehen.

NEUNZEHN

Schuld

Eine 88-jährige alte Dame war verstorben. Ihre Tochter und der Schwiegersohn erwarteten mich zur Vorbesprechung der Trauerfeier.

Wir saßen in einem gemütlichen Vorraum zum Wohnzimmer, und der Kamin flackerte. Alles strahlte Ruhe aus. Doch irgendwie schien mir die Tochter ein wenig nervös. Vielleicht war sie aber auch nur schüchtern? Jedenfalls schilderte sie mir mit wenigen Worten die familiäre Konstellation. Ihre Mutter, die nun verstorben war und die in unmittelbarer Nachbarschaft gewohnt hatte.

Dann sprach sie von ihrem Bruder, der etwas weiter weg lebte. Manchmal wurde sie von ihrem Mann unterbrochen, der ein paar Dinge ergänzte.

Es war wenig „Stoff" für meine Rede. Ich spürte, dass die Tochter eine große Distanz zu der verstorbenen Mutter hatte. Und dennoch war da auch eine ganz große Traurigkeit.

Was war da los?

Sie kam immer wieder auch auf ihren verstorbenen „Vati" zu sprechen. An ihm hing sie spürbar, sie schilderte ihn mir als einen ganz lieben und wunderbaren Vater.

Er sei immer für sie dagewesen und habe alles durchgehen lassen, weil er so weich gewesen sei. Die Mutter dagegen sei sehr streng gewesen.

Sie brauchte nicht mehr Worte, damit ich verstand.

Gut, es war, wie es war. Aber irgendetwas Schönes, Liebes, Nettes wird es doch auch bei der Mutter gegeben haben? Meine Frage erzeugte Stille.

Und plötzlich fing sie an zu weinen. Und alles brach aus ihr heraus.

Ihre Mutter habe sie ihr ganz Leben lang belogen. Ihr „Vati" sei nicht ihr leiblicher Vater gewesen. Nun, das war nichts Ungewöhnliches, gerade in der Nachkriegszeit, in der auch sie geboren war.

Sie habe ihren „Vati" so sehr geliebt, auch wenn ihr bewusst war, dass es da auch einen anderen Vater gegeben habe. Ihre Mutter habe ihr immer erzählt, dass ihr leiblicher Vater tot sei. Verstorben, als sie noch ein Kleinkind gewesen sei.

An ihren leiblichen Vater hatte sie deswegen auch keinerlei Erinnerung.

Doch was sie dann weitererzählte, ließ auch mich schwer schlucken.

Ihr leiblicher Vater sei erst vor ein paar Jahren verstorben – und er hätte ganz in der Nähe von ihr gelebt. Ohne, dass sie es je geahnt hätte.

Ihre Mutter hatte ihr erst von diesem Geheimnis erzählt, als sie vom Tode ihres Exmannes erfahren hat – durch das Nachlassgericht, welches sie als potentielle Erbin angeschrieben hatte.

„Sieh zu, dass du dein Erbe sicher machst: Das war dein Vater!" Mit diesen Worten teilte die Mutter ihrer Tochter mit, dass ihr Vater noch bis vor kurzem gelebt hat.

Die Tochter hatte an diesem „Erbe" schwer zu schlucken. Sie weinte und meinte zu mir: „Hätte ich gewusst, dass mein Vater noch lebt und nur dreißig Kilometer von mir entfernt wohnt, hätte ich ihn aufgesucht." Doch so hatte ihre Mutter ihr diese Chance für immer genommen. Der Vater hatte in einer kleinen Mietwohnung sehr bescheiden gelebt – und sein ganzes Geld für seine Tochter gespart.

Für meine Trauerrede spielte all dies eigentlich keine Rolle. Ich erwähnte es natürlich nicht. Doch für zwei Menschen war es sehr wichtig. Für die Tochter, die immer noch daran zu knabbern hatte. Und für die Mutter – denn ich musste sie so darstellen, wie sie wirklich war. Und zwar, ohne die Dinge beim Namen zu nennen. Aber so, dass es doch die verstehen, die es etwas angeht.

Manchmal gibt es keine Antworten oder Erklärungen für das Verhalten der Menschen.

Doch auch diese Frau und Mutter wird ihre Gründe gehabt haben.

ZWANZIG

Krankenhausessen

Manchmal fällt es auch mir schwer, Antworten zu finden. Antworten auf die Frage „Warum?".

Erneut kam ich in eine Familie, wo der junge Familienvater verstorben war.

Schon am Telefon wirkte die junge Witwe sehr hektisch. Im Hintergrund war Babygeschrei zu hören.

Ihr Mann war mit gerade einmal 39 Jahren an Krebs verstorben.

Als sie mir die Tür öffnete, blickte ich in das Gesicht einer sehr jungen Frau, die extrem dünn war. Sie schaukelte ihr Baby an der Brust.

Ihr Mann litt an einer sehr aggressiven Krebserkrankung, die sich schnell entwickelte. Er hatte ein Unternehmen, und da sich sein Tod abzeichnete, hatte er rechtzeitig alles Erforderliche geregelt, damit seine junge Familie abgesichert war.

Neben der jungen Mutter waren noch ein älterer Mann und eine Freundin mit ihrem Kind anwesend.

Der Herr war ein Firmenberater, und er blätterte durch einige Akten, die alle auf dem Esstisch, an dem wir saßen, verstreut waren.

Obwohl wir bereits unseren Termin zum Trauergespräch hatten, musste sie noch einiges mit dem Berater klären.

Zwischendurch legte sie immer wieder das Baby an die Brust, weil es sehr unruhig war. Natürlich, wie sollte ein Kind auch in dieser hektischen Umgebung ruhig sein. Noch dazu, wo es die Stresshormone ja quasi mit der Muttermilch bekam.

Unser Gespräch dauerte Stunden, weil es einfach immer wieder durch vieles unterbrochen wurde.

Ich hatte Verständnis für ihre Situation, doch es konnte nicht die Lösung sein, dass sie alles alleine regeln musste.

Sie hatte in den letzten Monaten sehr viel mitgemacht. Gerade, als sie mit dem zweiten Kind schwanger war, erhielt ihr Mann seine Krebsdiagnose mit einer sehr schlechten Prognose. Es folgten kräftezehrende Therapien, dazwischen die Geburt des zweiten Kindes, daneben das Unternehmen, das ältere, erste Kind, Krankenhausaufenthalte. Zittern, Hoffen, Durchhalten, Pflegen, Abschiednehmen. Sie hatte dadurch extrem an Gewicht verloren und wog nur noch 45 KG, die arme Maus.

Ich schaute auf ihr Alter: sie war gerade mal so alt wie meine älteste Tochter. Mit zwei Kindern, einem Unternehmen und dem ganzen Stress.

Doch bei all dem hektischen Drumherum kam sie leider noch nicht einmal dazu, ihren Stress zu realisieren.

Ich begann mit dem Schreiben.

Schon nach kurzer Zeit roch es bei mir im Büro nach Essen. Das kann schon einmal passieren, da sich genau unterhalb meines Büros eine Küche befand. Doch heute war da niemand, der kochte. Ganz sicher. Und es roch auch nicht nur nach Essen, es roch nach Krankenhaus und Essen.

Am nächsten Tag setzte ich meine Arbeit fort. Und sofort bemerkte ich wieder diesen starken Geruch nach Krankenhausessen. Ich ging aus meinem Büro heraus, um ein paar Minuten später es wieder zu betreten. Dieser besondere Geruch war nur in meinem Büro. Sonderbar.

Als die junge Witwe mir gerade eine Nachricht per WhatsApp schickte, fragte ich sie spontan: „Halten Sie mich bitte nicht für verrückt. Aber können Sie etwas mit dem Geruch von Krankenhausessen anfangen?"

Sofort bekam ich ihre Antwort. „Ja, mein Mann hat das gehasst. Er hat sich geweigert, das zu essen, und sobald er zuhause war, hat er etwas für sich gekocht. Er konnte sich kaum auf den Beinen halten, aber dieses Krankenhausessen…. Das ging für ihn gar nicht!"

Jetzt war mir klar, warum ich diesen speziellen Geruch wahrgenommen hatte.

Die Hektik hielt auch am Tag der Bestattung noch an. Es wuselten viele Kinder herum, tanzten und sprangen auch um den Sarg.

Leben und Tod waren hier sehr schön vereint. Am Ende der Zeremonie durfte jeder den Sarg bunt bemalen. Zunächst waren die Gäste sehr zögerlich, doch irgendwann standen sie Schlange, um sich auch auf dem Sarg zu verewigen. Ganz bunt verziert war er zum Schluss. Hier war der Tod für alle „zu begreifen".

Es war ein schönes Bild zum Abschiednehmen.

EINUNDZWANZIG

Sie konnte nicht anders

Es gibt Krankheiten, bei denen man seine Machtlosigkeit ohne weiteres annehmen kann – man versteht sehr leicht, dass die Krankheit einfach zu stark war. Krebs zum Beispiel.

Und manchmal wird man mit Krankheiten konfrontiert, bei denen man denkt: „Warum tust du dir das selbst an?"

Wenn ein Mensch sich selbst schädigt. Dies ist bei Alkohol oder Magersucht zum Beispiel leicht der Fall.

Nur zu leicht verkennt man, dass es eben nicht so einfach ist, mit dem Trinken oder Hungern aufzuhören. Der Feind sitz hier sozusagen in sich selbst und nicht im außen.

Dennoch sind auch diese Menschen Opfer ihrer Erkrankung.

Oft schämen sie nicht nur die Erkrankten für ihre vermeintliche „Schwäche", sondern auch die Hinterbliebenen, wenn sie einen Angehörigen durch eine solche Krankheit verloren haben.

In einem Trauergespräch tastete ich mich einfühlsam an die Hinterbliebenen heran. Ich wusste schon im

Vorfeld, woran die Frau verstorben war. Am Ende hatte der Alkohol ihren Körper zerstört.

Vor mir saßen der Ex-Mann, die gemeinsame Tochter und der Bruder der Verstorbenen.

Infolge der Krankheit hatte der Vater zu einem überwiegenden Teil die Betreuung der gemeinsamen Kinder übernommen. Und dennoch stand er seiner geschiedenen Frau bis zum Tode stets zur Seite.

Dies beeindruckte mich. Die Familie hielt bis zum Schluss zu ihrer Angehörigen.

Als man mir Fotos zeigte, war ich sehr erstaunt. Ich sah eine sehr hübsche und adrette junge Frau. Toll zurechtgemacht und mitten im Leben.

Eigentlich hatte sie alles, was man sich wünschen konnte. Einen sehr netten Mann, ein tolles Haus, einen sehr spannenden Job, und zwei wunderbare Kinder. Dazu Eltern und einen Bruder, die alle zueinander hielten.

Soweit ich das beurteilen konnte, wohlgemerkt.

Irgendwann, schon recht früh, kam der Alkohol in ihr Leben. Und zwar in das Leben aller in dieser Familie. Die Alkoholerkrankung führte zur Trennung der Eltern. Die Kinder haben die Mutter oft in hilflosen Situationen erlebt und mussten mit diesen Bildern umgehen lernen. Dennoch war da viel Liebe.

Und Hilflosigkeit, denn die Familie konnte nichts tun, um sie zu retten.

Die Erkenntnis, dass man manchen Situationen ohnmächtig gegenübersteht, war das eine. Doch dies emotional auch umzusetzen und sich loszulösen von irgendwelchen Schuldgefühlen, seien sie auch unbewusst, war eine ganz andere Sache.

Zwar ist es nicht unbedingt die Aufgabe eines Trauerredners, sich auch um die Heilung der Hinterbliebenen zu kümmern.

Aufgrund meiner Coachingausbildungen und Medialität liegt es mir jedoch am Herzen, mit meinen Worten „Angebote" zu machen.

Als ich den Raum betrat, worin die Verabschiedung stattfand, waren ganz viele bunte Bilder an die Wand projiziert. Viele Trauergäste waren schon anwesend.

Ich hielt mich am Eingang des Raumes auf, als der Bruder der Verstorbenen mit einer alten Dame am Arm hereinkam. Sofort wusste ich: das ist die Mutter der Verstorbenen. Sie sah so reizend aus, war sehr hübsch frisiert und alles in allem eine ganz angenehme Erscheinung. Und sie lächelte… tatsächlich, sie lächelte mich an, als ihr Sohn mich ihr vorstellte.

Wie schwer muss es einer Mutter ums Herz sein, wenn sie ein Kind beerdigen muss? Doch sie bewahrte ihre Fassung und Haltung.

Später, im Laufe meiner Rede sprach ich die Mutter persönlich an.

Tränen liefen ihr über das Gesicht. Bei aller Haltung, die sie wahren wollte – sie war berührt von meinen Worten.

Ich sprach die Hilflosigkeit der Familie an, bei dem langen Sterben der Tochter ohnmächtig zuschauen zu müssen. Und erwähnte nach einer kurzen Atempause nur mit einem Satz: „aber wie schwer muss es ihr gefallen sein, unter dieser Krankheit zu leiden? Wie hilflos und ohnmächtig muss sie sich gefühlt haben?"

Alle nickten. Alle weinten. Und alle verstanden. Alle waren frei von Schuld und Vorwürfen. Wenigstens ab diesem Moment. Denn alle erkannten: die Verstorbene konnte sich nicht helfen, und kein anderer konnte es.

Es herrschte Frieden.

Und darum geht es mir bei meinen Trauerreden.

ZWEIUNDZWANZIG

Ach, Mutti, wenn du wüsstest

Ich hatte schon ein paar berufliche Tätigkeiten in meinem Leben. Direkt nach dem Studium der Rechtswissenschaften und anschließendem Referendariat war ich erst einmal Mutter. Doch schnell suchte ich wieder nach einer weiteren Aufgabe. Und so beantragte ich bald meine Zulassung als Rechtsanwältin. Mein Glück war, dass ich dies nicht in Vollzeit machen musste und ich dies wunderbar in meiner Kanzlei Zuhause mit meinen beiden Kindern vereinbaren konnte. Zudem musste ich nicht davon leben.

Nach meiner Scheidung musste ich mich mit zwei Kindern so ziemlich alleine durchschlagen. Dies gelang nur mit einem Job im Angestelltenverhältnis. Die Erfahrungen, die ich in diesen Jahren machen durfte, sind unbezahlbar.

Als ich mich 2009 in die Selbstständigkeit begab, folgte ich endlich meinem Herzenswunsch. Ich absolvierte seitdem vielen Ausbildungen in verschiedenen Bereich.

Insbesondere die letzte Ausbildung zur Rückführungsbegleiterin (Reinkarnationen) gibt meinem Coaching noch einmal eine ganz besondere Tiefe. Eigentlich sollte diese ja schon 2016 dran sein –

doch dann kam erst einmal eine Krebsdiagnose dazwischen. Als Coach bin ich nah am Menschen und kann meine vielseitigen Erfahrungen einbringen – berufliche wie menschliche.

Doch erst als ich an Krebs erkrankte und damit eine tiefe Lebenskrise einherging, überdachte ich noch einmal, was ich im Leben will und was mir wichtig ist. Lange war ich nicht in der Lage, wieder Vollzeit zu arbeiten. Ich wollte etwas Passende finden.

Und da kam mir meine Affinität zum Schreiben gerade recht. Also sprach ich den ersten Bestatter an... den Rest kennen Sie.

Was Sie jedoch nicht wissen, ist, was meine Mutter mir als Kind immer sagte: „Sei still. Sag nichts." Ich wurde zum Stillsein erzogen. Das war besser für den Familienfrieden. Mit meinen Worten war ich immer schon zögerlich, umsichtig, vorsichtig. Heute kommt mir dies zugute.

Und ich denke heute oft: „Ach, Mutti, wenn du wüsstest, dass ich heute fürs Reden bezahlt werden. Dass die Menschen mich bitten, für sie zu reden. Und glücklich und dankbar damit sind."

Ich bin mir sicher, diesen Weg hat auch meine Mutter mir ermöglicht. Aus der Geistigen Welt, aus dem Himmel, woher auch immer. Ich empfinde es als eine Gabe, dies tun zu können.

Ich kann nur sagen: ich bin beruflich da angekommen, wo ich es mir nie erträumt hätte.

Ich kann mir keine schönere Aufgabe vorstellen, als Menschen im Trauerprozess oder in einer schwierigen Situation in ihrem Leben eine Hilfe zu sein. Und ein wenig Hoffnung zu geben. Türen öffnen.

Denn das möchte ich auch. Wenn man genau hinhört, können sich Herzen öffnen. Und immer mehr Menschen sind auf der Suche danach. Nach dem großen Ganzen. Nach dem Sinn.

Von Herzen alles Liebe, Ihre Barbara Waldner